26 janvier 1888

Atelier

DE

Philippe Rousseau

Janvier 1888.

GALERIE
DES ARTISTES
MODERNES
5 RUE DE LA PAIX
PARIS

Vente après décès de PHILIPPE ROUSSEAU

CATALOGUE

DES

TABLEAUX

Pastels, Aquarelles et Dessins

PAR

Philippe ROUSSEAU

et des

TABLEAUX, AQUARELLES ET DESSINS

par

CHARDIN J. B. S. — ISABEY. — RAFFET

des

OBJETS DE CURIOSITÉ

FAIENCES, CUIVRES ANCIENS, ARMES, MEUBLES ANCIENS, TAPISSERIES, MUSETTE DE L'ÉPOQUE DE LOUIS XVI, LIVRES, GRAVURES

PROVENANT DE SA COLLECTION

dont la vente aura lieu par suite de son décès

HOTEL DROUOT. — SALLE N° 1

Le Jeudi 26 janvier 1888, à 2 heures précises.

Me HENRI LECHAT
COMMISSAIRE-PRISEUR
6, rue Baudin

M. JULES CHAINE
EXPERT
5, rue de la Paix

chez lesquels se trouve le Catalogue

EXPOSITION PARTICULIÈRE

GALERIE DES ARTISTES MODERNES, 5, rue de la Paix.

du samedi 21 au mardi 24 janvier 1888, de 10 h. à 5 h.

EXPOSITION PUBLIQUE

HOTEL DROUOT. — SALLE N° 1

le mercredi 25 janvier, de 1 heure à 5 heures 1/2.

NOTA

Les Tableaux, Études et Dessins de PH. ROUSSEAU non signés ont été marqués des estampilles ci-dessous :

VENTE

Ph. Rousseau.

VENTE

Ph. R.

CONDITIONS DE LA VENTE

Elle sera faite au comptant.

Les acquéreurs payeront **cinq pour cent** *en plus du prix d'adjudication.*

TABLEAUX

PAR

PHILIPPE ROUSSEAU

DÉSIGNATION

1 — Le Garde-manger.

Salon 1887.

Toile. — H., 1,14. L., 0,87.

2 — Les Parfums de France.

Salon de 1887.

Bois. — H., 0,38. L., 0,45.

3 — Pour le Goûter.

Bois. — H., 0,38. L., 0,45.

4 — Bocal d'Abricots.

Toile. — H., 0,61. L., 0,50.

5 — La Sortie du Chenil.

Bois. — H., 0,45. L.,0,63.

6 — Pêches.

Toile. — H., 0,50. L., 0,61.

7 — Tranche de Melon.

Bois. — H., 0,37. L., 0,47.

8 — Prunes de Monsieur.

Bois. — H., 0,22. L., 0,33.

9 — Citrons.

Toile. — H., 0,60. L., 0,73.

10 — Jeunes Chats.

Étude.

Toile. — H., 0,32. L., 0,44.

11 — Le Laboratoire du Photographe.

Étude pour le tableau « Le Singe photographe ».

Toile. — H., 0,38. L., 0,46.

12 — Les Genets.

Étude.

Toile. — H., 1,00. L., 0,82.

13 — Lapins de Choux.

Esquisse.

Toile. — H., 0,21. L., 0,35.

14 — Paysage.

Étude.

Papier. — H., 0,31. L., 0,40.

15 — Paysage.

Étude.

Papier. — H., 0,28. L., 0,37.

16 — Déjeuner aux Huîtres.

Tableau inachevé ; dernière œuvre du maître.

Toile. — H., 0,81. L., 1,00.

PASTELS

---

17 — Pêches au Vin.

H., 0,73. L., 0,92.

18 — Le Déjeuner.

H., 0,40. L., 0,33.

19 — Les Raves.

H., 0,33. L., 0,40.

20 — Les Abricots

Étude.

H., 0,33. L., 0,50.

21 — Le Nid d'Hirondelles.

H., 0 93. L., 0,73.

22 — Martins-Pêcheurs et Lavandière.

H., 0,93. L., 0,55.

23 — Le Perroquet.

H., 0,85. L., 0,60.

24 — Musette et Rossignols.

H., 0,85. L., 0,60.

(Ces quatre derniers numéros sont les esquisses faites pour la décoration d'un paravent.)

AQUARELLES

DESSINS — CROQUIS

25 — Un coin de Ferme en Normandie.

Aquarelle.

26 — Éventail.

Esquisse, Aquarelle.

27 — Projet de Décoration.

Dessin rehaussé d'aquarelle.

28 — Le Singe et le Léopard.

Dessin rehaussé d'aquarelle.

29 — Un Amateur de Tableaux en 1830.

Aquarelle.

30 — Chien d'arrêt.

Dessin au crayon noir.

31 — Sous ce numéro, les Croquis d'Animaux et de Paysages.

(Sera divisé.)

ATELIER
DE
PHILIPPE ROUSSEAU

TABLEAUX
AQUARELLES ET DESSINS

Formant sa Collection particulière

TABLEAUX

CHARDIN (Jean-Baptiste-Siméon)

1699 — 1779.

32 — Intérieur de Cuisine.

Un quartier de viande sur une nappe, pot en faïence, une marmite en cuivre, une écumoire, deux oignons et un égrugeoir.

Signé J.-S. Chardin, 1732.

Vente C. Mareille, 1876, nº 19 du catalogue.

Toile. — H., 0,41. L., 0,33.

DUPRÉ (J.)

33 — Paysage : Effet du Soir.

Signé à droite J. D.

Toile. — H., 0,14. L., 0,33.

DUPRÉ (J.)

34 — Étude au bord de l'eau.

Toile. — H., 0,14. L., 0,26.

ISABEY (E.)

35 — L'Orage.

Des pêcheurs, à l'approche de l'orage qui déjà gronde au loin, se hâtent de mettre leur barque à l'abri de la tempête.

Toile. — H., 0,48. L., 0,65.

ISABEY (E.)

36 — Portrait de Femme.

Superbe esquisse.

Panneau ovale.

ISABEY (E.)

37 — A Marée basse.

Sur une plage à marée basse, des pêcheurs vendent leurs poissons.

Toile. — H., 0,38. L., 0,52.

RAFFET

38 — L'Arrivée d'Abdel-Kader à Marseille.

Toile. — H., 0,36. L., 0,55.

TENIERS (D.) (genre de)

39 — Groupe de Villageois dans un Paysage.

Bois. — H., 0,15. L., 0,18.

AQUARELLES ET DESSINS

BELLANGÉ (H.)

40 — Soldat en tenue de Campagne.

Dessin mine de plomb.

DECAMPS

41 — Paysannes des environs de Rouen.

Fusain.

FORGET

42 — Cour de Ferme.

Aquarelle.

FRÉMIET

43 — Réunion de Croquis.

Moitié de poire, Graine de sycomore, Crevette, Papillons et Mouches.

Dessins à la plume.

ISABEY (E.)

44 — Débarquement de la Reine d'Angleterre au Tréport.

Aquarelle et gouache.

H., 0,29. L., 0,54

NADAILLAC (Comtesse de)

45 — Chardin et ses Modèles.

Copie d'après Ph. Rousseau.

Aquarelle.

NADAILLAC (Comtesse de)

46 — Copie d'après Chardin.

Pastel.

NADAILLAC (Comtesse de)

47 — Iris.

Aquarelle.

?

48 — Le Portrait de Chardin.

Pastel.

49. — Jeune Paysanne.

Dessin crayon noir.

INSTRUMENTS DE MUSIQUE

50 — Belle Musette en ivoire, avec son soufflet.

Robe en velours grenat, garnie de dentelle d'argent.

Époque de Louis XVI.

51 — Biniou Breton.

52 — Deux Chevrettes Bretonnes.

53 — Ancienne Basse de Paris.

TAPISSERIES

54 — Tapisserie à Personnages de l'Époque de Louis XIV.

Magnifiques Bordures.

H. 3,50. L., 4,00 (environ).

55 — Panneau en tapisserie. — La Passion de N. S. Jésus-Christ.

CUIVRES ANCIENS

56 — Fontaine en cuivre rouge avec son Bassin.

57 — Passoire en cuivre jaune.

58 — Réchaud en cuivre jaune repoussé.

59 — Réchaud en cuivre rouge.

60 — Plat en cuivre rouge monté sur pieds.

61 — Cafetière en cuivre rouge.

62 — Écumoire en cuivre jaune.

63 — Fontaine à deux robinets en cuivre rouge repoussé.

64 — Vase à anse en cuivre rouge repoussé.

65-66 — Quatre seaux à rafraîchir en tôle vernie, décorés dans le style chinois; ancien laque français sur fond bleu.

Époque de Louis XV.

67 — Deux Gobelets en métal argenté.

68 — Un Lot de Batterie de cuisine en cuivre, modèles réduits.

FAIENCES, PORCELAINES

OBJETS DIVERS

---

69 — Pot à couvercle et sa Cuvette en ancienne Faïence de Marseille.

70 — Soupière, ancienne Faïence de Marseille.

71 — Plat en Faïence de Moustiers.

72 — Six Assiettes en Faïence de Strasbourg.

73 — Lot d'assiettes, porcelaine de Chine et du Japon.

74 — Lot de Faïences diverses.

(Sera divisé.)

75 — Lot de Pots, en terre émaillée, Grès.

(Sera divisé.)

76 — Lot de Verres, Venise, Bohême, etc.

(Sera divisé.)

77 — Ancien Moulin à café.

78 — Un Moulin à poivre en bois tourné.

79 — Un ancien Rouet à filer.

80 — Un Fusil à pierre à deux coups et à baïonnette, très richement ciselé.

Époque de Louis XVI.

MEUBLES

---

81 — Beau Meuble à crédence en chêne sculpté, à quatre vantaux; le bas avec montants à cariatides appliquées, le haut en retrait avec cariatides détachées.

Époque du XVIe siècle.

Provient de la vente N. Diaz.

82 — Horloge à gaîne en bois sculpté.

Époque de la Révolution.

83 — Fauteuil en bois sculpté.

Époque de Louis XV.

Ayant servi de modèle dans le tableau « Les deux Amis ».

84 — Deux Chaises garnies de cuir et de clous en cuivre.

Époque de Louis XIII.

85 — Fauteuil.

Époque de Louis XIII.

86 — Fauteuil foncé de canne.

Époque de Louis XIV.

87 — Console en bois sculpté.

Époque de Louis XVI.

88 — Glace en bois sculpté et doré.

Époque de Louis XVI.

LIVRES ET CARTONS

89 — Sous ce numéro les livres anciens.
(Sera divisé.)

90 — Sous ce numéro les livres modernes.
(Sera divisé.)

91 — Sous ce numéro les romans brochés.
(Sera divisé.)

92 — Sous ce numéro les cartons de gravures, eaux-fortes, lithographies.

93 — Sous ce numéro, les photographies.

94 — Sous ce numéro, les objets non catalogués.

PARIS. — IMPRIMERIE CHAIX, 20, RUE BERGÈRE — 1481-8.

Imprimé en France
FROC021838200120
23227FR00024B/497/P

9 782329 359151